FANTAISIES

POÉTIQUES

DE

AUGUSTE CARRETIER

MENUISIER A SAULT DE VAUCLUSE

Pendant que je poussais mon modeste rabot,
La folle du logis, en des régions choisies,
Butinait brin à brin le rustique fagot
Que j'offre à mes amis sous ce nom « FANTAISIES. »

AVIGNON

AUBANEL FRÈRES, IMPRIMEURS

Place Saint-Pierre

1872

FANTAISIES

POÉTIQUES

DE

AUGUSTE CARRETIER

MENUISIER A SAULT DE VAUCLUSE

Pendant que je poussais mon modeste rabot,
La folle du logis, en des régions choisies,
Butinait brin à brin le rustique fagot
Que j'offre à mes amis sous ce nom « FANTAISIES. »

AVIGNON

AUBANEL FRÈRES, IMPRIMEURS

Place Saint-Pierre

—

1872

A LA MÉMOIRE

DE

MON PÈRE BIEN - AIMÉ

Nathalie CARRETIER.

Sault, le 28 Août 1872.

FANTAISIES

POÉTIQUES

LE SORT DU POÈTE

A MONSIEUR B... (TAILLEUR)

Toujours seul, ignoré dans mon antre sauvage,
Je ne partage point les plaisirs des mortels ;
Véritable reclus, n'ayant aucun usage,
Je languis au café comme dans les hôtels.

Un chétif roitelet a si peu d'envergure
Qu'il ne peut s'élever sans le secours d'autrui ;
O noble rois des airs, mon âme vous conjure
De guider son essor vers le Pinde aujourd'hui.

Si le roi des oiseaux daigne franchir l'espace
Pour me faire jouir du céleste Hélicon,
J'irai vers les neuf sœurs leur demander la grâce
De savoir ce que dit de ses fils Apollon.

Le destin a voulu que jamais le poète
Fut heureux un instant, ici-bas sous les cieux ;
Toujours au sein des mers battu par la tempête,
Que de larmes souvent s'échappent de ses yeux !....

Témoin le lauréat (1) de la belle Italie :
Ce grand homme a souffert du cachot les tourments.
Aujourd'hui, sous le ciel de ma noble patrie,
Le chantre de Saint-Point (2) manque aussi d'aliments.

(1) Dante.
(2) Lamartine.

A M. CAULET

Mon cœur, mon âme, tout mon être
Admire tes charmants produits ;
Et ce matin, loin des grands bruits
Que l'on faisait sous ma fenêtre,
J'ai relu tes beaux vers, vibrants, harmonieux,
Jusqu'à ce qu'une larme a coulé de mes yeux.

A M. G.....

JUGE DE PAIX

Quinze jours de soucis n'ont pu, dans la balance,
Soulever le plateau rempli par le bonheur
Que nous a fait goûter votre noble présence,
Le jour où votre voix nous a comblés d'honneur.

Oh ! oui, très digne enfant de la sainte Justice,
Vous êtes pénétré des rayons de Thémis,
Si bien que votre cœur se rend toujours propice
A l'aigle, au fier lion, à l'atome, aux fourmis.

Métromane ennuyeux, j'ai la sotte manie
De vouloir rimailler en vous remerciant ;
Illustre magistrat, daignez, je vous en prie,
Rester le protecteur de mon unique enfant.

                                        Sault 1863

A M. B.....

SUR LA MORT DE SA FILLE

Ne reste pas inconsolable,
Mon cher ami, calme ton cœur :
Tous tes sanglots et ta douleur
Sont l'œuvre d'une impitoyable
Qu'on appelle la Mort ; elle vient, tour-à-tour,
Visiter le grabat et l'alcove et la cour.

Les choses ici-bas sont toutes éphémères ;
L'Éternel fait périr les peuples et les rois ;
Rien ne peut échapper à ses divines lois ,
Et ta fille a subi ce qu'ont subi nos mères ;
Et tous, malgré nos soins, nous n'échapperons pas
Aux fatales rigueurs d'un funeste trépas.

Cesse alors de pleurer, noble époux, tendre père ;
Cesse enfin de gémir, ton Olympe est aux cieux,
Blanche comme le lis, et brillante au milieu
De l'immortel essaim dont Marie est la mère ;
Et son cœur palpitant de joie et de bonheur
Te dit d'un saint transport: « Je vis dans le Seigneur ! »

L'ABEILLE

A M. CH.....

Sujet d'une ruche féconde ,
Sans craindre de trop t'épuiser ,
Tu vas dès l'aurore puiser
Le doux miel et la cire blonde ,
Et tu reviens, cent fois par jour, à ton essaim ,
Emportant chaque fois un précieux pollen.

Par ton labeur, ton alvéole
Éclipse celle de tes sœurs ;
Tu te rends chère aux mille fleurs
Que tu caresses, quand tu voles
Dans nos jardins fleuris, dans nos prés, sur nos monts,
Sur nos riants côteaux et dans nos frais vallons.

Tu vis libre, ma jeune abeille ,
Mais ton amour pour le travail
T'a mérité le gouvernail
De ce fertile essaim qui crée une merveille ,
Sur ton rocher natal où jamais un mortel
N'avait rêvé de faire à l'Antique, un autel.

A MLLE R. CH...

Tes soupirs sont bien doux , jeune et brillante lyre ,
Pour les cœurs s'enivrant de l'amour du bon Dieu !....
Et l'âme, qui toujours après le ciel soupire ,
Trouvera dans tes vers tout ce qu'elle désire
     Pour raviver son feu.

Fais que de tes concerts l'écho, sur le zéphyre ,
Redise aux cœurs amis tes chants mélodieux ;
Nous refuseras-tu , quand ta muse t'inspire ,
Les beaux vers que chacun voudrait chanter et lire
     Et dévorer des yeux ?

    Les régions célestes
    Sont couvertes de fleurs ;
    Les nôtres sont agrestes
    Et nagent dans les pleurs.

    Chante alors, jeune barde ,
    La Vierge et le Seigneur
    Qui sont de la mansarde
    L'espoir consolateur.

A LA MÊME

    O fille d'Apollon,
      Tes vers sont
    Pour toutes les oreilles ,
      Des merveilles
    Qui charment Erato ;
      Et Clio
    Portera dans l'histoire
      Ta mémoire
    Jusque aux pieds d'Apollon ;
      Et ton nom
Régnera désormais sur l'antique Hélicon.

ÉPIGRAMME

Ah! mon pauvre Cham...., tu veux te faire lire,
Quand ton livre, en l'ouvrant, nous fait pouffer de rire!
On se moque de toi, galant et jeune auteur,
Ta profession serait de te faire coiffeur;
Tu te coiffes si bien, si bien que la pommade
Donne à tes beaux cheveux l'aspect d'une cascade;
Cesse donc de vernir ce crâne si hautain,
Si tu veux devenir un meilleur écrivain,
Car ton cerveau couvert de cette nappe noire
Etouffe ton bon sens, ton esprit, ta mémoire.

ACROSTICHE

Vénus vous a transmis tous ses brillants attraits,
Et les grâces en vous nous rappellent leurs charmes;
Reine de la candeur, vos admirables traits,
Ont le don de calmer du malheur les alarmes.
N'oublions pas que Dieu vous fit présent d'un cœur
Ivre de charité pour toute âme souffrante.
Oui plus que vous a droit de dire : J'ai pour sœur
Une humble violette ou la rose éclatante,
Et mon âme du lys est l'image vivante?

22 Juin 1870.

LES ACCENTS D'UNE MÈRE

A MADEMOISELLE M... M...

Tes pieds n'ont plus voulu fouler la terre impie;
Ton cœur depuis longtemps planait sur le saint lieu,
Où tu chantes d'amour des hymnes à Marie
Pour élever ton âme à la droite de Dieu.

Tu ne voltiges plus, chaste et tendre colombe,
Sur les bords de ton nid, près de l'œil maternel ;
Tu préfères creuser brin à brin une tombe
A celles de tes sœurs qui s'envolent au ciel.

Ton âme languissait loin de ce saint asile
Où des vierges en chœur, de minuit jusqu'au jour,
Exaltent l'Éternel, méditent l'Evangile
Et de Jésus Sauveur goûtent le pur amour.

Sois heureuse et jouis longtemps de ton délice,
Enivre-toi toujours de l'amour du prochain;
Sais-tu que ton absence est un affreux supplice
Pour tous les malheureux qui te tendaient la main?

Tes pauvres ont pleuré, bonne et douce Marie;
Leurs cœurs se sont brisés à ton départ soudain;
Ils pleurent même encor cette main si chérie
Qui les couvrait, l'hiver, et leur donnait du pain.

Le pays tout entier s'unit à la misère,
Et tourne son regard vers ton nouveau séjour,
Pour te prier encor comme le fit ta mère,
De faire mille heureux par ton heureux retour.

le 10 Octobre 1869.

MORT DU POÈTE CAULET

Naguère, j'eus l'honneur d'approcher de ce sage,
Pour épancher mon cœur dans son cœur tout aimant:
Il me serra la main, et son noble visage
S'approcha du mien en pleurant !....

Il était bon époux, pour ses filles bon père;
Il aimait le bon Dieu, l'esprit et la gaîté.
Citoyen toujours franc, bon, loyal et sincère,
Il chérissait la liberté.

Des lauriers d'Apollon, sa tête est couronnée;
Son âme voit briller le front de l'Éternel

Son corps va disparaître, et la foule étonnée
   Prie, en pleurant ce doux mortel.

Il n'est plus cet ami, qui versait dans nos âmes
Ses conseils fraternels, rayons consolateurs,
Pour le pauvre égaré, voguant toujours sans rames,
   Sur la mer sombre des erreurs.

Son nom est honoré dans toute la Provence,
Son *Cantique à Sainte Anne* attendrit tous les cœurs;
Ses *Chaudronniers*, connus du pauvre et de l'aisance,
   De sa muse restent les fleurs.

Quoi de plus éloquent que ce nombreux cortège
Suivant respectueux son funèbre cercueil?
Ah! mon pauvre Caulet, il faut que je me taise,
   J'ai le cœur brisé par ton deuil!...

22 Novembre 1869.

LA VIOLETTE

A MADEMOISELLE M... F...

Lorsque le doux printemps sur l'aile du zéphyre,
M'invite à revenir répandre sur les champs
Mon suave parfum; je fais ce qu'il désire,
Et sa douce chaleur ranime tous mes sens.

J'ai passé quelques jours sous la feuille fanée,
Craignant, malgré le souffle enchanteur du zéphyr,
De voir venir du nord la bise déchaînée
Pour me glacer le cœur, et me faire périr.

Une brise céleste, un matin à l'aurore,
Me dessilla les yeux, et je vis tout en fleur.
Ah! je dis au Seigneur: Seigneur, je vous adore!
Et mes sœurs avec moi, nous vous chantons en chœur.

J'étais sous un buisson orné de son feuillage
Et ses fleurs mariaient leur doux parfum au mien,
Pendant que j'écoutais l'harmonieux ramage
D'un charmant rossignol chantant sous l'aubépin.

J'étais heureuse alors sous la blanche aubépine,
Mais hélas! tout-à-coup la main d'un ravisseur
Me confie au grand vent qui court sur la colline,
Sans savoir où je vais mourir, ah! pauvre fleur!

LES BAUMES

A MONSIEUR M...

Belle et verdoyante nature,
Riante image du bonheur,
De ta magnifique parure
J'aime l'éclat et la fraicheur.

Par toi l'humanité s'élève
Jusqu'à l'être mystérieux,
Que l'âme entrevoit dans un rêve
Quand elle désire les cieux.

Le cœur longtemps troublé s'éclaire
Au pur foyer de ta chaleur,
Et le malheureux solitaire
Devant toi distrait sa douleur.

Le mont superbe, la colline,
Le petit oiseau, l'humble fleur,
Qu'un rayon céleste illumine,
Sont tout radieux de bonheur.

Dans l'existence universelle
Tout chante en sons harmonieux
L'amour, la bonté paternelle,
De Celui qui créa les cieux.

Homme, instruis-toi par la nature,
Si tu n'es pas aveugle et sourd;
Dieu, par la feuille qui murmure,
Te dit: Travail, prière, amour!

LE PAVILLON DE M. J... C...

Non loin de mon village
J'ai fait un pavillon,
Charmant petit ouvrage,
Tout semblable à la cage
D'un gentil oisillon.

Il est sur une plaine
Couverte d'amandiers,
Sous lesquels brille en reine
Cérès la souveraine
De nos riches greniers.

Une route charmante
Fait le tiers du trajet,
Puis, pierreuse et montante,
Plus étroite serpente
Jusqu'au joli châlet.

Un vert sentier commence,
Bordé d'un frais gazon.
Chaque pas qu'on avance,
De distance en distance
On rencontre un buisson.

Ce doux sentier ramène,
Sans le moindre détour,
A la maison sereine
Qui chasse toute peine
De son joyeux séjour.

Son toit a quatre pentes:
Dans l'été, le soleil
Les rend si éclatantes
Qu'on dirait quatre mantes
En tissu de vermeil.

Ses jambages en briques
Sont d'un heureux effet,
Ses angles magnifiques
Rappellent les portiques
Du temple de Japhet.

A l'ouest est la porte ;
La fenêtre, au midi,
Fait que Phébus apporte
Son ardeur la plus forte
Au salon refroidi.

De son seuil je découvre
Un brillant horizon,
Aussitôt que j'entr'ouvre
Mon mignon petit Louvre
Entouré de gazon.

Mes amis, à toute heure,
Arrivent avec moi
Visiter la demeure
Où jamais on ne pleure,
Je vous dirai pourquoi.

Bacchus toujours préside
Nos banquets fraternels.....
Où ce grand dieu réside,
Nulle paupière humide
Ne peut avoir d'autels.

Au-dehors les abeilles
Baisent les jeunes fleurs,
Pendant que les bouteilles
Du vieux jus de nos treilles
Réjouissent nos cœurs.

Charmante maisonnette,
Séjour délicieux,
Sous ta blanche toilette,
Comme la violette,
Tu plais à tous les yeux.

30 Janvier 1870.

CANTIQUE

A NOTRE-DAME DE LA TOUR

Jadis nos champs couverts de chênes
Des passants étaient la terreur,
Et le nocturne voyageur
Frissonnait d'effroi dans nos plaines;
Quand soudain ce lieu ténébreux
Fut éclairé d'une lumière
Ayant le foyer de ses feux
   Dans notre Bonne Mère.

A l'aspect de cette lumière,
Nos vénérés et saints parents
Fondèrent entre deux torrents
Un majestueux sanctuaire,
Et vinrent prier chaque jour,
Le phare de la terre entière,
Qui brillait sur la vieille tour
   Où trônait notre Mère.

Depuis ces jours, Mère céleste,
Vous nous comblez de vos bienfaits,
En éloignant de nos guérets
La grêle toujours si funeste
Aux laboureurs, quand les moissons
Dorent les côteaux de la terre;
Aujourd'hui, nous nous empressons
   De bénir notre Mère.

En descendant de la montagne,
Reine des anges et des saints,
Bénissez de vos saintes mains
Le produit de notre campagne,
Sur qui compte le laboureur,
Le bouvier, la jeune bergère,
Pour pouvoir vivre avec honneur
   Sous les yeux de leur Mère.

Sous un ciel pur et sans nuage,
Reine des cieux, nos saints Patrons
Vous précèdent et nous chantons
Tout le long du pèlerinage.
Écoutez nos concerts d'amour,
Vous que votre âme débonnaire
Nous permet de dire en ce jour :
    Vous êtes notre Mère.

L'aquilon souffle, et de la nue
S'échappent de brillants éclairs,
Et le tonnerre, dans les airs,
Gronde et roule dans l'étendue.
Tout nous présage à l'horizon
Une tempête à nous contraire,
Mais elle est mise à la raison
    Par notre sainte Mère.

Canal de la grâce divine,
Vous conjurez les ouragans
Pour préserver tous vos enfants
Du triste effet de la famine.
Que ferons-nous, pauvres humains,
Pour notre Vierge tutélaire ?
Faisons-la prier par nos Saints
    De rester notre Mère.

Un saint transport remplit nos âmes,
Quand nous sommes à vos genoux
Sous les deux frênes, près de vous,
Et que le soleil de ses flammes
Dore les abords du berceau
Sous lequel votre cour plénière
Vous entoure, en venant de Sault
    Pour prier notre Mère.

CANTIQUE .

EN L'HONNEUR DU TRÈS SAINT SACREMENT

Chrétiens ranimons notre zèle,
Dressons des trônes au Seigneur ;

Effeuillons la rose nouvelle
Sur le chemin du Rédempteur.

Refrain

De la divine Eucharistie
C'est ici le beau reposoir.
Sur cet autel le pain de vie
Rayonne au front de l'ostensoir.

Sa divine et sainte allégresse
Enivre nos cœurs en ce jour ;
Mon Dieu, vous donnez cette ivresse
Aux cœurs brûlants de votre amour.

Que la rose et la paquerette
Reçoivent les pas du Seigneur,
Et que le lis en cette fête
Etale partout sa blancheur.

Agneau divin, sur votre route,
Vous nous trouvez tous prosternés,
Priant sous la céleste voûte
Le grand Roi des prédestinés.

Inclinons-nous sur son passage,
Tremblons devant sa Majesté ;
L'homme pervers et l'homme sage
Sont soumis à sa volonté.

NOEL

Il vient de naître
Le divin Maître,
Accourons tous
O saint mystère !
Dieu sur la terre.....
Prosternons-nous !

Entrons, entrons dans l'humble étable
Pour voir le Dieu de charité ;
Nous entendrons sa voix aimable
Nous prêcher la fraternité.

Douce allégresse,
Transport, ivresse,
De ces saints lieux.
Chantez, phalange,
Amour, louange,
Au Roi des cieux.

A M. DE LAMARTINE

Je sais que notre France
Possède un chantre d'or,
Et nulle autre puissance
N'a pu donner naissance
A ce brillant trésor.

Les deux bouts de la terre,
Le ciel et l'océan,
Chérissent la manière
Dont il fait sa prière
En dépit de Renan.

La volonté divine
N'agit point au hasard;
Il doua Lamartine
De la rime si fine
Qui fait briller son art.

Aujourd'hui ses merveilles
Ont ébloui mes yeux,
Et demain, sous des treilles,
Charmeront mes oreilles
Et me rendront heureux.

Heureux, je puis le dire,
Car, depuis quelques ans,
Je souffrais le martyre
De ne pouvoir le lire
Faute d'avoir six francs.

Avignon. — Imp. Aubanel frères.